생각 부자

생각 부자

강돈희 시집 10

새 지평을 열다!

새 지평을 열다.

스스로 말하기는 계면쩍고 부끄럽지만, 이건 하나의 분명한 사실이다. 사십 넘어 뒤늦게 늦깎이로 詩에 눈을 뜬 후 부지런히 시의 길을 걸어왔다.

이제 하나의 큰 고비를 넘어가는 기분이다. 더욱 정진해야 할 계기로 삼는다.

여기까지 쉬지 않고 걸어온 것 만으로도 기쁘다. 남들의 인정과 상관없이 여기까지 견뎌온 나 자신이 고맙다!

시와 더불어 살아온 세월이 나를 지탱해 주었다. 시가 있어 새 세상이 있었고 시 쓰는 기쁨으로 지금의 내가 있다. 시에게도 큰 감사를 보낸다.

양보다 질이 더 중요함을 안다.

좋은 시, 절창 하나 꼭 남기고 싶다. 시로 호흡하며, 시로 승부하고, 시로 삶을 살찌우는 사람이고 싶다. 마음에 드는 만고절창 하나 얻는다면 세상에 온 보람 있다 하겠다.

10번 째 시집을 엮기까지 그동안 물심양면으로 정성으로 도와주신 모든 분들께 진심으로 머리 숙여 감사드립니다.

특히 1집과 2집, 5집에 따스한 발문으로 큰 격려와 앞으로 나갈 힘을 북돋우어 주신 이석구 선생님께 큰절을 올립니다.

님들 모두 참으로 고맙습니다!

포천의 부끄럽지 않은 시인으로 거듭나겠습니다.

감사합니다!

2020. 8.

늦더위가 기승을 부리는 8월 말, 채선당에서...

강 돈 희

차례

─ 2부 울 듯 ─

차례

─4부 으뜸─

─축 시─

생각 부자

1부
참견

남의 입장에서 생각하기 보다는

내 입장에서 내 일에 따른 바람 끝값던 건 아닌지

목숨을 걸고 무엇을 해본 적 없다

사랑도 목숨을 걸어야 진짜 사랑이 된다

반추

지난 세월 되돌아본다

입신양명 출세와 성공을 위해서
양심을 저버리며 살지는 않았는지

세상과 적당히 타협하면서
옹색하게 쩨쩨하게 살지는 않았는지

배부르고 등 따스한 것만 바라면서
옹졸하게 살아온 건 아닌지

지조 없이 갈팡질팡 왔다 갔다 하면서
비겁하게 살아왔던 건 아닌지

옳은 길을 놔두고 잘못된 것을 알면서도
그 길로 빠지지는 않았는지

시류에 따라 눈치만 보며 살지는 않았는지
상식에서 벗어나는 언행을 일삼지는 않았는지

남의 입장에서 생각하기 보다는
내 입장에서 내 입에 맞는 떡만 골랐던 건 아닌지

목숨을 걸고 무엇을 해본 적 없다
사랑도 목숨을 걸어야 진짜 사랑이 된다

반환점 돌아 이순도 넘었으니
이제는 왔던 길 되돌아가는 인생

더 올라가려 애쓰기 보다는
내려놓고 비우면서 사는 도리를 익힐 때다

더 많이 뿌리고 나누고 베풀며
조곤조곤 남은 생 좋은 일 하면서 순하게 살자

자양분

나
오늘도 신문에서 멋진 문구를 만났다

"집, 조금 불편해야... 편리함에 물들면 삶이 부패해요"
어느 유명 건축가의 말이다

나, 오늘도 저런 자양분으로 큰다
인생 살찌는 소리 들린다

무너진 하늘

하늘도 무너진다

한 순간 불의의 사고로
병상에서 사경을 헤매는 아들

지금껏 길러준 고마운 엄마 목소리는
전혀 못 알아들으면서

사귄지 1년도 안 되는 여자 친구 목소리엔
예민하게 반응하는 아들이라니

그 어처구니없음이여
그 배신감이여

무너진 하늘이여

뒤늦은 연정

뒤늦게 품는 연정은

사랑해선 안 될 사람이거나
이루어질 수 없는 사랑이라는 말이
가까이 하기엔 너무 먼 당신이라는 노래가
딱 들어맞는 경우가 대부분이다

뒤늦게 시작한 연정이
제대로 된 사랑을 꽃피우기 위해선
넘어야 할 산들이 너무 많다
수많은 고비와 거센 시련이 목 빼고 기다리고 있다

때늦은 연정을 품는 일이
또 다른 인생을 살기 위한 것은 아니지만
지금의 인생을 더 윤택하게 하려는
아주 작은 디딤돌은 될 것이다

그것이 맺지 못할 인연임을 알 때
인생은 무르익는다
절정을 이룬다

참견

시 쓰는데
고양이가 참견을 한다

볼펜은 물어가고
메모지는 흐트려 놓고
아예 노트 위에 드러눕는다

녀석도 내 시가 궁금한가 보다
완성되면 읽어줘야겠다

시 참견하는 고양이가
예쁘고 기특하다

원산폭격

대가리 박아!
실시!

마누라 원산폭격 시켰다

동네 아줌마 네 분과 함께
집에서 친 나이롱 뽕

결과는 꼴등

홈그라운드의 잇점 살리지 못하고
참패한 댓가를 치루게 했다

대가리 박는다!
실시!

큰 사람 되기

꽃밭도 있고 마당도 있는
터 넓은 집에 살면서
마음은 콩알처럼 작기만 하다

탁 트인 시야
막힘없는 공간에 살면
마음도 더 커져야 하는 것 아닌가

천정 높은 방에 살면
상상력과 창의력이 더 풍부하다는데
넓고 큰 방에 살면 마음 깊은 사람 되어야 한다

통도 크고 마음 씀씀이도 크고
더 멀리 볼 줄 아는 통찰력과 깊은 혜안
속 깊고 따스한 가슴으로 향기로운 삶 일구어야 한다

욕심 비우기

이 세상에
가보고 싶은 곳과
하고 싶은 것들이 얼마나 많으랴

간다고 해도 다 갈 수 없고
해본다고 해봤자 얼마나 하겠는가
어차피 원하는 거 다 이룰 수는 없는 것

굳이 하나라도 더 채우려고
안달하며 애쓰지 말자
보면 좋지만 안 봐도 그만인 그런 것들 따위

더 많이 가지려고
더 많은 거 누리려고 하는 그 욕심이
진실로 가난한 마음 아닌가

새 꽃대

올라오는 꽃대를 발견하는 일은 즐거운 일이다
오늘도 새로운 꽃대 하나 찾았다
언제 돋았는지도 모르는 저 가냘프게 곧고 긴 줄기

물주고 햇볕 잘 드는 쪽으로 돌려놓았다
씩씩하게 건강하게 잘 자라달라고
기원하는 간곡한 마음으로

이제 또 다른 시작이자 출발
꽃 피우려면 아직도 갈 길 아득하다
더 많은 시간 꾹꾹 참고 견디며 기다려야 한다

머지않아 밝고 예쁜 꽃 피워 내리라
중간에 포기하는 일 없기를
무슨 일이 있어도 한 아름 아름다움으로 태어나기를

쉬었다 가는 인생

쉬었다 해
참 따스한 말이다

좀 쉬었다 가자
아득히 멀고 먼 인생길

천천히 쉬엄쉬엄
쉬었다 가는 인생이 멋있다

부지런히 앞만 보며
열심히 달리는 인생은 삭막하다

힘들면 잠시 잠깐씩 쉬었다 가는 것
그게 더 멀리 더 재밌게 가는 방법이다

아득한 인생 길이 더 향기로울 수 있도록
몸과 마음에 따스한 휴식을 주자

양심 주차

양심 주차 30분!

포천읍사무소 정문 주차장 입구에
큰 글씨로 써 붙여 있었다

주차할 수 없었다
볼 일이 1시간은 넘을 것이 확실함으로

빈자리 있음에도 돌려 나왔다
그래도 마음은 편했다

역시 잘 했다는 생각이 들었다
뭔가 잃은 것보다 더 큰 것을 얻은 하루였다

푸른 하늘 만큼 마음도 푸른 하루였다

새생명

날카로운 삽날 밑에 홀로 피어난 노란 민들레 하나
어쩌다 그곳에 자리 잡았는지 모르지만
보기에 너무 위태로워 삽을 들어 치워주었네

우리 사는 세상에 목숨보다 귀한 가치 있을까
수많은 목숨 한순간에 사라지는 이 무서운 이승에서
반짝이는 생명 하나 오롯이 돋아났네

매력 포인트

뭘 입어도
잘 어울리지만
미니 입으면
더 예쁜
너

더도
덜도 말고
딱
무릎 위
15cm

뿡

뿡
예쁘다
내 방귀소리

작고 귀엽게
슬며시
터진

마지막 인사

툭
빈껍데기가 떨어진다
세상 아무런 미련도 없다는 듯이
둔탁하게 떨어져 내린다

튼실한 알맹이들 다 세상으로 내보내고
빈 몸으로 매달려 있다가
어느 날 이 세상 하직하듯이
그렇게 무참히 툭 툭 떨어져 내린다

세상은 한 번 왔다 가는 것이라고
온몸으로 보여주고 있다
허전하고 가벼운 빈 밤송이가
마지막 갈 때 내는 소리 제법 묵직하다

이승의 마지막 한 소리 큰 여운을 남긴다

못난 아비

때 지난
큰 달력을 찢어서
아버진 책 포장을 해주셨다

새해 달력을 걸면서
맨 겉장을 찢어서 착착 접다가
불쑥 떠오른 어릴 적 소중한 추억 한 장면

난 내 아이들에게
그것도 한 번 해주지 못했다
못난 아비였다

빚쟁이

앉고 보니 임산부석
일어서야 하나 말아야 하나
머릿속이 하얗다

갈 길은 아직도 까마득한데
이 생각 저 생각으로
머리가 아프다

그냥 눌러 앉기로 한다
주인공이 오면 냉큼 일어서면 될 터
잠시 자리를 빌린다

오늘도 나는 빚으로 산다
큰 빚 또 하나 졌다
삶이 빚인 빚쟁이 삶이다

가을 노래

빈 밤송이들이 떨어지는 큰 밤나무 밑에
한줄기 허허로운 갈바람이 스쳐간다
이젠 더 떨어질 아람도 없어
쓸쓸함만 가득한 가을 밤나무 숲

갈색으로 퇴색한 빈 껍데기들이 수시로
툭툭 무너지듯 떨어진다
떨어져 수북이 쌓인 빈 밤송이들이
가시 꽃으로 무성하게 피었다

수없이 밟고 다닌 길 위에 내려 앉아
무더기로 가시 꽃을 활짝 피운
빈 밤송이들이 가을의 스산함을 불러온다
산고의 고단함이 고스란히 배어 있다

한 세상 보란 듯이 살았으니
미련이나 원망은 하나도 없을 것이다
온몸으로 품어 길렀던 새끼들 다 출가시키고
쓸쓸히 빈 몸 되어 서러운 가을을 노래한다

자두

못 먹어도 좋았다

입이 즐거운 게 아니라
눈이 즐거웠다

주렁주렁 달린 파란 구슬들
보기만 해도 좋았다

익어가는 모습 보며 삼킨 군침
조금도 아깝지 않았다

볼 때마다 부풀었던 벅찬 감동
하루하루가 축복이었다

무게를 못이겨 축축 늘어졌던 가지들이
결국 찢겨져 나갈 때는 내 가슴도 찢긴듯 아팠다

바보 비

필요할 땐 안 오더니
작은 비로도 충분한 지금
홍수라도 낼듯이 쏟아지는 비
쓸데없는 물바다 이루려 무진 애쓴다

사람 마음을 몰라도 그렇게 몰라
8월 그 뜨겁던 폭염 아래 이어진 긴 가뭄
그때 왔으면 얼마나 좋았을까
얼마나 고마웠을까

그것도 모르는 저 바보 비

생각 부자

8집에 이르러서야 비로소 알게 되었다
내가 생각부자라는 것을

7집까지는 그런 소리 듣지 못했다
이제까지 그런 덕담 해주는 사람 아무도 없었다

생각 많이 해서 생각으로 부자라는 말
세상에, 이 얼마나 멋진 말인가

나를 부자 중에서도 상부자로 만들어 주었다
시가 어디 저절로 나오는 것이던가

수없이 많은 생각을 해야 시 하나 겨우 건질 수 있다
당연히 모든 시들은 생각 열매들인 것

나는 그렇게 생각으로 부자인 시인이 되었다
그 어떤 부자보다도 더 고급지고 더 큰 부자가 되었다

빈손의 자부

열심히 모은 돈 풀기가 어디 쉬운가
한 푼도 아까운 판에
남들이야 어떻게 살 건 나는 모르는 일
내 알 바 아니고 관심도 없다

나를 위해 쓰는 것이 나를 사랑하는 일인가
그보다 더 멋진 자기 사랑은 없을까
작지만 확실한 행복을 추구하며 사는 일
그보다 더 큰 사랑은 없을까

정당하게 벌어서 정성껏 모은 소중한 돈
나를 위한 일보다 남을 위해 쓴다면
그렇게 모은 재산 다 쓰고 빈손이 되었다면
한 세상 멋지게 살았다고 자부해도 좋지 않을까 그대여

역사적 사건

아버지 이름으로 된 문패
대문간에 37년 걸려 있던 것

아버지 돌아가시고 두 해 되던 해
초 이튿 날 눈물 머금고 떼었다

아직 내 이름의 문패는 없다
아버지 이름만 사라졌다

인생 길

여행이 따로 있나
지금 걷는 인생 길이 여행이지

나그네가 따로 있나
인생 길 걷는 내가 바로 나그네지

한 글자

나를 상징하는 한자(漢字) 한 글자는 뭘까요? 라는 게 있어
재미삼아 해봤더니

첫 번째는 대(大)자가 나왔다
두 번째는 희(喜)자가 나왔고
세 번째는 무(無)자가 나왔다

다 괜찮았고 맘에 들었다
크게 살고 기쁘게 살다 결국은 무로 돌아가는 것

그게 인생 아닐까?

생각 부자

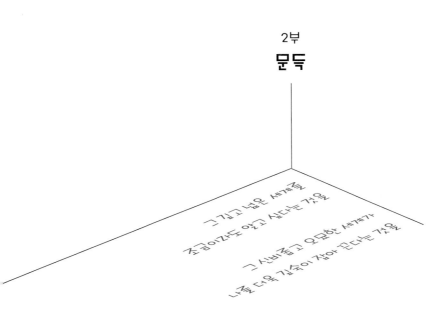

그 길고 낡은 세계를
조금이라도 엿고 싶다는 것이

그 시절을 떠올리고 요절한 세계가
나를 더욱 깊숙이 감아 묻는다는 것이

세상 모르고

그것이 거래라는 생각은 안했다
거래인 줄은 꿈에도 몰랐다

그저 주고받으면 그것으로 끝인 줄 알았다
당연히 답례 같은 것도 할 줄 몰랐다

생각도 못했으니 철이 없었던 거라고 하기엔
너무도 세상을 몰랐고 순진했다

오직 마음으로만 감사하며 고마워했다
받은 건 마음에 새기고 잊지 않았다

세상모르고 살았노라 하는
그 노래는 나를 두고 한 노래였다

울보

남이 눈물 흘리거나
눈시울 붉히며 글썽이거나
울먹이는 모습을 보거나

감동적인 사연을 대하거나
가슴 아픈 이야기만 들어도
이슬 맺히고 눈물 흐른다

감동이 담긴 이야기 하다가
스스로 먼저 겨워 말도 못한다
눈물 맺히고 입술이 떨린다
울먹거려 말도 안 나온다

확실한 명분

언제 갈 지 모르는데...

.

.

이것만큼 확실한 명분은 없다

* 가장 가까운 친구가 저 명분을 앞세워 전시회를 크게 했다. 거금 천만 원
  을 빌려서 회갑 기념으로......

−성공적으로 마친 멋진 전시회를 진심으로 축하한다.

쎈돌이

우리 집 새 식구
아기 고양이 한 마리
이름을 쎈돌이라 지었다

태어난 지 꼭 한 달
여섯 놈이 태어나 딱 한 놈
쎈돌이만 살아남았다

간당간당 하던 목숨
겨우 건지고 억세게 버텨
지금은 자랑스러운 아비가 되었다

저평가

세상에 저평가된 것이
어디 하나 둘뿐이랴

짜고 치는 고스톱 같은 세상에서
흔해터진 것이 저것이다

네가 부족해서 저평가된 구석도 있지만
세상이 너를 저평가하는 것이 맞다

너를 제대로 평가하지 못하는 이 시대가 문제다
왜냐하면 세상은 너에게 관심이 없으니까

그건 네가 네 수준이 낮은 것이 아니라
사람을 판단하는 세상의 눈이 낮은 것이다

저평가 받고 있다고 서러워 마라
슬퍼하지도 억울해하지도 마라

슬픔은 그런 것 따위가 아니다
너에겐 아무 문제가 없다

고고하게 살 수 있는 명분 주어졌으니
세상에서 조금 비켜서는 것도 괜찮은 일이다

마지막

마지막이란 말은
늘 찡하게 다가온다

마지막은 끝이란 뜻이고
끝은 더 이상 없다는 말이다

다시는 볼 수도 만날 수도 없는 것
그게 마지막이고 끝이다

마지막이 주는 감흥은 언제나 애잔하다
돌이킬 수 없음에 안타깝고 아쉽고 많이 아프다

마지막은 신기하게 사람을 자라게 하는 나쁜 마력이 있다
눈시울 뜨거웠던 만큼 속心도 한층 융성해진다

문득

어느날
문득 깨달았다

인생에 대해
아는 게 하나도 없다는 걸

지금까지 살았어도
여전히 깜깜한 절벽이라는 것을

헛살았다고 해도
아무 할 말 없다는 것을

까면 깔수록
더 알 수 없는 게 인생이라는 것을

그 깊고 넓은 세계를
조금이라도 더 알고 싶다는 것을

인생이란 끝없이 신비롭고 오묘란 세계가
나를 더욱 깊숙이 잡아 끈다는 것을

사망유예

파리채 빗나갔다
사망유예

여기까지가
네 운명인 줄 알았더니

구사일생
아직 죽을 때 아니다

밤(栗)

따면 내 것

안 따면 남의 것

주우면 내 것

안 주우면 남의 것

착각

밤 따려고 긴 장대 부여잡고 섰더니
마치 관운장이라도 된듯 했다

세상을 호령하던 천하의 영웅호걸에게
감히 비할 수는 없겠으나

60근짜리 무거운 청룡언월도에 긴 장대를
어찌 감히 견줄 수 있겠는가마는

내 키보다 한참 큰 장대를 꼬나 잡고 보니
다른 사람이 된 듯 착각에 빠져 잠시 우쭐하였다

물건 하나가 사람을 잠시나마 들었다 놓았다
하잖은 물건 하나에 사람이 달라진다

착각은 자유지만 이런 착각은 즐겁다
잠시 영웅이 된 것 같은 기분을 맛보는 건 나쁘지 않다

신비

노래방은 갈 줄 알아도
책방은 갈 줄 모른다

찜질방은 드나들어도
도서관엔 드나들지 않는다

연속극은 목숨 걸고 보지만
연극 같은 공연엔 관심도 없다

영화는 보러 다녀도
전시장엔 다닐 줄 모른다

여행은 할 줄 알아도
자기 마음의 여로는 모른다

소통

말 못하는 짐승을 거두고 기르는 일
새끼때부터 길러서 목숨 다하는 그날까지
지켜보며 함께 살아가는 일이 참으로 눈물겹다

언어가 없어 함께 통하지는 못해도
충분히 마음 나누고 있음을 우리는 가슴으로 안다
소통은 이렇게 가슴끼리 서로를 나누는 것

말 못하는 짐승과도 감정이 통하는데
같은 말 사용하는 인간끼리도 이리 대화가 안되다니
소통은 정말 지나가는 개가 물어갔나 보다

자기 주장만 내세우는 한 진정한 소통은 없다

이왕이면

누가 농담 삼아
시장선거에 나가 보란다
대선에 나가면 나갔지
그깟 지방선거 따윈 관심 밖이다

내 명색이 소소당 당수다
어엿한 당이 있고 당원도 있는데
아직 그 마음 먹지 않았을 뿐

선거라면 대선이고
도전할 것이면 대권이고
맡아야 할 게 있다면 마땅히 그 뿐이다

남자라면 한번 도전할만 하다

너

네가 그리워
시 쓰고 노래 듣는다

네가 보고파
눈 감고 상념에 잠긴다

네가 생각나
창문 열고 하늘 바라본다

네가 떠올라
가만히 두 손을 가슴에 얹는다

네가 기꺼워
마음이 온통 붉게 물든다

네가 사무쳐
낮도 밤도 모르고 산다

자화상 · 1

늘

감동에

목마른 사람!

풍선의 종말

풍선이 죽어가고 있다
한 때 빵빵했던 바람 조금씩 빠져나가
이제 말랑말랑 쭈그렁이 되었네

서서히 야금야금 죽어가는 모습
지난 한 달 동안 함께 했지
수시로 차고 때리고 비비고 던지고 누르고

온갖 학대 다 견디고 받아내면서
묵묵히 제 자리 지켰네
이제 화려했던 삶 쓸쓸히 막을 내리네

팽팽하던 피부 쭈글쭈글 오그라지고
수박만하던 허우대는 아기손만큼 작아지고
열렬히 반응하던 사람들의 관심은 눈녹듯 사라지고

횡재

백화점의 12만 원짜리 모자
마음에 쏙 들었으나 값이 문제

마트에서 우연히 발견한 6천 원짜리 모자
땡 처리용 상자에 잡것들과 함께 들어 있었다

스타일도 맘에 들고 써 보니 딱이다
뒤져보니 다른 거 하나 더 있다

맘대로 골라잡아 두 개에 만 이천 원
횡재가 따로 없다 이게 횡재 아니고 뭔가

갑자기 부자가 된 듯 웃음이 터졌다
12만 원짜리 대신 만 이천 원에 두 개를 얻다니

문제는 값이 아니라 내가 만족한다는 거다
너무 맘에 들어 웃음이 떠나지 않았다

그날 하루 온종일 웃고 살았다

손 때 묻히기

새 시집 나왔다
방안에서 굴러다닌다
할 일이 뭐 있나 읽고 또 읽는다

하도 읽어 벌써 손때 묻었다
하얀 시집 그새 까매졌다

마음의 때 벗겨졌다

감회

눈물 날 뻔 했다

늦은 밤 옛 직장 다니던 길
그 길을 걸으며 깊은 감회에 젖어들었다

옛 터미널과 시장거리를 지나며
아련히 옛 생각 떠올랐다

이게 벌써 몇 년 전 이야긴가
무려 27년이 흘렀다

정말 눈물 날 뻔 했다

두려움

싸워야 하는 데 싸울 수 없었다
두려웠기 때문이다

세상에 두렵지 않은 게 없다
모든 것이 다 두려움이다

그게 어디 전쟁이나 전투뿐이겠는가
우리 일상도 두려움 속에서 피는 꽃이다

어떤 사람은

어떤 사람은 밥으로 세상을 살고
어떤 사람은 돈으로 세상을 사는데
어떤 사람은 술로 세상을 산다

어떤 사람은 재미로 세상을 살고
어떤 사람은 법으로 세상을 살지만
어떤 사람은 정으로 세상을 산다

어떤 사람은 욕으로 세상을 살고
어떤 사람은 희생으로 세상을 사는데
어떤 사람은 눈물로 세상을 산다

어떤 사람은 힘으로 세상을 살고
어떤 사람은 명예로 세상을 살지만
어떤 사람은 시로 세상을 산다

겨울 참새

참새가 통통 살이 붙었다
자그마한 게 여간 귀엽지 않다

촘촘한 나뭇가지 사이를 콩콩 오르락내리락
흰 눈 위에 사뿐사뿐 저 혼자 흥겹다

차가운 겨울바람 솔솔 불고
함박눈 송이송이 곱다

참새가 나를 반기고
나도 참새를 살갑다 여긴다

문패

그러고 보니 우리 집엔
문패가 없다

아버지 가시고
아버지 이름의 문패 떼어낸 후

아직 내 이름의 문패
보란 듯이 달지 않았으므로

우리 집 비록 문패는 없지만
새로 생긴 예쁜 이름의 번듯한 주소는 있어

오늘도 사랑의 우편물
한 치의 어김도 없이 나를 찾아든다

그러고 보니 우리 집은
문패도 없으면서 당당하게 살고 있다

추억의 뒤안길

아버지 마실 다니시던 동네 뒤안길을
오늘 때늦은 저녁에 뚜벅뚜벅 내가 걸어간다

한겨울 얼음 얼면 무척 미끄럽던 길
행여 넘어지실까 몹시 걱정스러웠던 그 길

마을 노인 회관 가는 정겨움 넘쳐나던 좁다란 길
오래 묵은 큰댁 텃밭 입구 흙먼지 풀풀 날리던 시골길

큰 길에 밀려 샛길이 되어 버린 서러움만 가득한 불쌍한 길
포장은 꿈도 못 꾸는 군데군데 구덩이 푹푹 파인 늙어 빠
진 꼬부랑길

빈자리

십년 묵은 호두나무 기계톱으로 베었다
벤다는 예고도 없이
다짜고짜 막무가내로 베었다

막걸리 한 잔 부어놓고
절이라도 한 번 하면서 마음으로
그동안의 인연 고마웠다고 작별인사도 못했다

가을이면 수많은 호두 먹게 만들어 주고
여름엔 짙은 그늘 드리워주었지
그루터기만 남은 네 빈자리 너무 커 허전하기 그지없구나

이제 추운 겨울 되면 따뜻한 땔감이 되어
난로 속에서 빛으로 환생하겠지
세상의 모든 미련 깨끗이 다 버리고 지우고 가겠지

인기

요즘 수많은 여자들이
나와 친구가 되고 싶어 한다
내가 이렇게 인기 많은 사람이었나 싶다

신기한 건 그녀들이 다 미녀란 사실이다
쭉쭉빵빵 샤방샤방 아주 죽여준다
그러나 조금도 행복하지 않다

나이 차이도 많아 거리감 느껴지고
무엇보다 그 이유가 궁금하다
나와 친구가 되어 무엇을 하자는 건지 원

도대체 아리송 하기만 하다
결코 인기 때문은 아니라는 걸 안다
세상이 말세이기 때문은 더더욱 아니다

이참에 관심법이나 한 번 배워볼까나

횡재

오늘 건진 참 좋은 말 한 마디

또 봐요!

겸손

시 쓰는 일
대단한 일 아니야

남들은 너처럼 생각 안 해
그런 거 대수롭지 않게 여겨

네가 시 쓰는 거
네가 시인이라는 것

너만 스스로 혼자 우쭐할 뿐이지
남들은 그게 뭔지도 몰라

아무 관심도 없어
눈곱만큼도 귀하게 여기지 않아

그러니 건방떨거나 까불지 마
그거 아무 것도 아니야

출가

여자는 잊을 수 있다
세상도 가족도 잊을 수 있고
詩도 술도 잊을 수 있다
큰 명성과 재산도 잊을 수 있다

그러나 통닭은 어떻게 잊나

허탈

이렇게 황당한 말이 또 있나
알아서 뭐하려고?

그냥 알고 싶어서 그런 것을
굳이 그렇게 말해서 무슨 득이 있나

저런 말 듣고나면 갑자기 힘이 빠진다
없던 거리감이 불쑥 생긴다

가까운 사이라면 더욱 더 조심해서 할 말이다
작은 말 하나가 사이를 비집어 놓는다

무슨 큰 비밀이라도 있단 말인가

넘어지고 일어서고

아장아장 걷던 아가 넘어지자
엄마 얼른 일으켜 준다
얼마나 아팠을까 얼마나 놀랐을까
고맙게도 울지는 않는다
울지 않는 아가를 보는 내 마음도 흐뭇하다

넘어지는 게 사람의 일이다
사람이니까 넘어질 수밖에 없다
넘어지면 일어나야 하는 것도 사람의 일이다
죽는 날까지 넘어지고 일어서고
끝없는 요란과 혼동 속에 한평생 사는 게 인생 아닐까

인생은 넘어지는 데 묘미가 있다
오뚜기처럼 발딱 다시 일어서는 데 희열이 있다
넘어져야 비로서 아픔을 배우고
아퍼야 더욱 성숙해지는 이 참된 도리는
신이 인간에게 베풀어준 고마운 삶의 신비다

돌뿌리에 걸려 깨졌던 무릎이 오늘의 나를 세웠다

명절후유증

어물쩡 명절이 지나가고 나면
여기 저기 시커먼 후유증만 남는다

더 쉬지 못한 아쉬움 진하고
더 먹고 마시지 못한 후회스러움 가득하고
더 많은 대화 나누지 못한 씁쓸한 여운 오래 간다

마음 쓰느라고 썼지만
언제나 부족함으로 넘치는 정과 사랑

명절은 아이들을 위한 시간과 자리
훗날 어른이 되어서도 잊지 못할 들뜬 추억의 한복판
올 한가위는 코로나19 때문에 아주 망가져버린

생각 부자

3부

중독

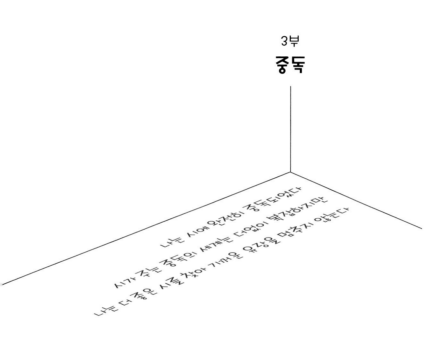

나는 시에 오랫동안 중독되었다
시가 주는 중독이 행복이긴 하지만
나는 더 좋은 시를 찾아 기꺼이 오늘을 맞추지 않는다

울림 없는 가슴

그 넓은 반월아트홀 전시장에
구경꾼은 나 혼자
홀로 여유로운 감상을 실컷 누린다

시간은 늦은 저녁
해는 서산으로 넘어 가고
땅거미가 어느새 주변을 덮었는데

무엇을 이야기 하고자 하는 것인지
알 수 없는 작품을 마주하면
채워지지 않는 가슴이 영 허전하기만 하다

울림이 있어야 작품일진데
무슨 큰 울림을 주고 있는 것인지
아무런 울림도 못 느끼는 이 가슴을 탓하며

고요만 가득한 전시장 안
황소걸음으로 천천히 팽이처럼 맴돈다
긴 시간 온갖 정성 다 들인 작가의 마음을 되새기면서

욕 안 먹고 살기

"사는 게 뭐 별 거 있나요
욕 안 먹고 살면 되는 거지"*

욕 안 먹고 살면 되는 게 인생인데
욕을 못 먹어서 안달인 사람들이 넘쳐난다

그 좋은 머리를 좋은 일에 안 쓰고
그 착했던 마음씨를 더 착한 일에 쓰지 않고

온통 나쁜 일에 정신을 쏟으며 산다
욕이 그렇게 먹고 싶은가 보다

온갖 범죄 뉴스가 없는 날이 단 하루도 없다
온통 거짓으로 사는 삶 그리고 사람들

욕을 얼마큼 먹어야 배가 부를까
얼마나 더 먹어야 욕 더 먹고 싶은 생각이 없어질까

* 가수 신유의 '시계바늘' 노랫말

바보 아들

서툰 농사일 조금 했더니
허리가 끊어질듯 시큰거린다

울 엄마 아버지
팔십 넘어서도 일 하셨다

허리 아픈 날이 어디 한 두 번이었을까
어찌 아픈 곳이 그 허리뿐이었을까

내 몸 멀쩡해 아픈 곳 없으니
부모님도 아프지 않으리라 여기며 살았네

나이가 나이인 만큼 그 세월이 어찌 무탈했을까
그것도 모르고 자식이라고 살았네

시리고 아프고 아쉬운 것들이 무언지도 모르면서
한 지붕 아래 모시고 살았다고 할 수 있을까

지 생각만 할 줄 아는 바보로 살았네
세상에 난 아무것도 아니었네

심심풀이

심심하면
한 번씩 찾아와
시비를 거네

내 가만 있으려 해도
있을 수가 없네
널 기필코 잡아 없애리

잔잔히 비 오는 날
네 제삿날로
딱 이구나

까마귀의 노래

까 까아 까
까마귀 한 마리 마당 옆 전신주에 앉아
아까부터 노래한다

무엇을 까라는 것일까
뭘 까라고 저리 애타게 부르짖을까
정확한 발음으로 마치 재촉이라도 하는 것 같다

따다가 쌓아놓은 밤송이를 까라는 것일까
마음속에 숨겨놓은 비밀을 털어놓으라는 것일까
올 여름 내가 한 일들을 다 알고 있으니 자수하란 뜻일까

까까까 까까 대는 저 소리가 귀에 새롭다
까치 소리는 시끄러운데 까마귀 소리는 크되 차분하다
여름이 물러가는 이즘에 난데없는 채근이라니

나는 네 소리에 귀 기우렸으니 내 소임은 다 했다

난향(蘭香)

난(蘭) 향기 은은하다
고혹적이다

빈 방 안에 스며든
신비한 이끌림

꽃대 하나가 이루어 낸
소박한 정감

두고두고 기억하고 싶은
자취 없는 네 향취

가슴으로 번져오는 고마움
아롱지는 내마음

설레는 마음

친정 갈 준비하는
집 사람 보고 말했다

즐거우시겠습니다
기쁘시겠습니다
행복하시겠습니다
설레시겠습니다

다른 건 다 맞아도
설레지는 않아요

며칠 전 한가위 때
다녀왔으니 그럴만하다

이건 순전히
친정이 가까운 부작용이다

뭐든지 오랜만에 해야
마음도 설레는 법

언제나 설레는
그 마음으로 살 일이다

유혹

오늘 아침 신문에 실린
아주 잘생긴 서양 여자 하나가
은근한 눈빛으로 나를 바라보고 있었다
뭔가 하고 싶은 말이 있는 듯한 눈초리였다

나도 가만히 그 여자를 빤히 바라봤다
그 묘한 시선을 떠먹고 싶었다
여자는 그저 바라만 볼 뿐 아무 말이 없었는데
이탈리아 로마에서 온 미인이었다

목에서부터 가슴까지 길게 늘어트린 줄보석들이
유난히 눈길을 사로잡았다
눈과 입 대신 보석이 부드럽게 말했다
어때요? 폼나지요!

여자보다 목걸이가 더 귀해 보였다
보석이 진짜 주인공이고 여자는 그 보조였다
사람이 보석의 그림자가 된 세상
집에 채이고 차에 받히고 보석에 주눅 들어 산다

착각

잘 썼다고
잘 쓰고 있다고
잘 쓰여 진 거 많다고
스스로 생각하고 있지만
과연 정말 그럴까

가만 생각해 보니
정말 잘된 건 하나도 없다
제대로 된 것도 없다
자세히 살펴보면
전부 꽝이다

남은 건 오직
알량한 부끄러움 뿐

흰머리

주말 노년 프로그램 황금연못에
흰머리 노년은 드물고
검은머리 청춘만 가득하다

하얗게 서리 내린 백발이나
눈부시게 시린 은발은 어디가고
청년보다 더 검은 흑발만 초롱초롱하다

무엇이 흰머리를 거부하게 하는가
무엇이 늙음을 부끄럽다 여기게 만드는가
무엇이 지난 세월을 더 덧없고 허망하게 만드는가

흐긋희긋 반백의 조화로움도 멋있고
은발과 백발이 지닌 세월의 무늬는 찬란한 한 폭 그림이다

저절로 먹은 나이도 아니련만
나는 세월의 훈장을 마다하지 않는다
흰머리 늘어날수록 나는 더 곱게 익어갈 것이다

골프

친 건 실력

들어간 건 운(運)

우리 사는 것도

모두 다 운(運)

하하

하하
소박한 웃음이다

간단하고 단순한
두 마디 웃음

하 하
가벼운 웃음이다

아무런 부담 없는
편안한 웃음

하하
비웃는 웃음이다

나도 배워서
잘 써 먹어야겠다

모순의 세상

이 뜨거운 한여름 복지경
세상을 삶을 듯한 가마솥 더위를
에어콘은커녕 선풍기도 없이 엉성한 부채 하나로
겨우겨우 버티며 지내는 사람들이 있다

냉방병도 무시하고
전기료 같은 건 신경도 안쓰며
한겨울인 듯 서늘한 온도에 쾌재를 부르며
폭염이니 불볕더위 따위를 즐기는 사람들도 있다

누구에게는 더위가 지옥이나
또 누구에게는 더위가 열락이 되는 세상
세상에 공평함과 평등은 결코 없어
언제나 불공평과 불평등이 가득한 이 모순의 세상이여

6월의 선물

6월은 뻐꾸기 우는 계절

먼 산 우거진 숲속에서
뻐꾸기 우렁차게 잘도 우짖는다

저 소리가 노래인지 울음인지
나는 알지 못 한다

저놈의 속사정을 그 누가 헤아리랴
햇살타고 바람타고 내려온다

낭낭하고 청아하게 들려오는
뻔뻔하고 간결하면서 무뚝뚝한 저 소리

새끼를 부르는 애절한 어미의 마음인지
짝을 구하는 수컷들의 피 끓는 하소연인지

허공 가득 바람을 타고 아련히
온산을 휩쓸며 내려오는 산사태 같은

뻐꾸기 소리는 여름을 알리는 계절의 찬가
6월이 주는 자연의 달콤한 선물

뻐꾸기 소리 들려야 바야흐로 여름이다

자화상 · 2

산도 좋아하지 않고
물도 좋아하지 않았다

그저 집안에 처박혀 조용히 지낼 뿐
틈틈이 책 읽고 시 조각이나 만지며 산다

지구가 돌아가는 힘은

지구가 돌아가는 힘은 어디에서 오는가
복에 겨워 걷잡을 수없이 터지는 웃음들이 모여서
고통에 시름하는 사람들의 울분과 피눈물들이 합쳐져서

복에 겨운 사람들의 행복한 웃음의 힘과
고통에 몸부림치는 사람들의 쓰라린 울음의 뜨거운 힘이
절묘하게 합쳐져서 그 힘으로 돌아가는 거다

어느 하나의 힘이 더 커서 불균형한 것이 아니고
어느 하나의 힘이 너무 찌그러져 모자라는 것이 아니라

두 힘이 서로 엉켜서 마치 핵융합처럼 더 크게 팽창하여
이 큰 지구가 아무런 문제없이 돌아가는 것이다

가을향기

관중석으로 떨어지는 홈런볼에
가을향기 흠뻑 묻어 있다

수많은 관중들의 뜨거운 응원의 함성에
가을향기 풍성하게 여물어 간다

강타자를 꼼짝 못하게 삼진으로 돌려세우는
투수의 역투에 가을 향기 물씬 풍긴다

강속구 투수의 총알 같은 투구를 받아쳐 홈런으로 연결하
는 타자의 타격에 가을향기 듬뿍 우러난다

옆으로 빠지는 강습타구를 절묘하게 낚아채는
내야수의 기막힌 묘기에 가을향기 가득 배어 있다

담장을 넘어가는 홈런볼을 정확하게 점프하여 잡아내는
외야수의 눈부신 수비에 가을향기 고스란히 담겨 있다

아내의 선물

벽돌색 골덴 남방을 입을 때마다
마음이 새롭고 가슴이 뛴다
아내의 정성이 숨결로 느껴지기 때문이다

겨울에서 봄으로 넘어가는 짧은 시기
가을이 깊어가고 한겨울이 오기 전까지 아주 잠깐
그 옷을 입을 시간은 많지 않지만

만든 지 십년이 훌쩍 넘었어도 여전히
따뜻함과 싱그러움 안겨 준다
마음속에 커다란 행복의 꽃 활짝 피워낸다

나는 벽돌색 골덴 남방을 사랑하고 아낀다
시인은 감정을 숨겨야 한다지만
나는 그러고 싶은 생각이 조금도 없다

멍 때리기

답안지를 받아들자마자
머릿속이 하얗게 비기 시작했다

좀 전에 금방 봤던 것인데
어떻게 이럴 수가 전혀 생각나지 않았다

머릿속에 백열전구가 켜진 것 같았다
하얗게 빈 머릿속에 검고 큰 바위가 들어앉았다

세상에 도대체 이게 무슨 까닭일까
지금까지의 노력이 모두 헛수고가 된 셈이다

빵점이란 점수가 문제가 아니라
하얗게 비어만 가는 내 머리가 진짜 큰 문제였다

자기 세상

우리 집 고양이
오늘도 싸우고 들어왔다

머리에 깊고 큰 상처가
또 하나 훈장처럼 생겼다

영역다툼 한 것일까
사랑싸움 벌인 것일까

사는 일 고달픈 건
너도 나와 똑 같구나

하루하루가 전쟁터
내일을 전혀 알 수 없다

아웅다웅 서로 얽혀
상처 주고 받으며 커 가겠지

조금씩 조금씩
자기 세상 잡아가겠지

유행

요즘 차들은 아가리가 왜 다 저 모양이야

헤벌쭉 벌리고 다니네

정말 맘에 안 들어

너무 너무 싫어

환상

멋진 포물선 그리며 날아가 정확하게 꽂히는
우승을 책임진 커리의 신비한 3점 슛

환상이다!

코비의 마지막 은퇴 경기
역사의 한 페이지를 장식하며 승리로 마무리한

환상이다!

33세 신인 이대호의 10회 연장 대타 끝내기 2점 홈런
까마득히 날아가 스탠드 상단에 꽂히는

환상이다!

더 환상인 것은 이 세 경기가 모두 같은 날 이루어졌다는 것
그걸 모두 내가 지켜봤다는 것

乙 인생

화려함과는 거리가 먼 인생이다
언제나 수수하고 소박한 것들 좋아했다
어려서부터 검소란 말 좋아했고
그런 삶 살기를 진정 원했다

무엇이든 화려한 것 좋아하지 않는다
시도 그렇고 사진도 그렇고
사람도 인생도 꽃도 풍광도 그렇다
화려할수록 허망만 커진다고 굳게 믿는다

갈수록 욕심만 커지는 이 세상
물질이 넘치다 보니 그렇게 변해간다
그럴수록 마음은 설 자리를 잃고
양심 같은 것도 다 필요 없는 시대가 되었다

화려한 인생을 꿈꾸며를 외친다
폼 나게 사는 게 유일한 꿈이 되었으며
큰소리치며 사는 게 잘 사는 삶이라 여긴다
갑질에 학을 띠면서 더 강력한 갑이 되길 원한다

점점 더 화려하면서도 큰 것만이
가치를 지니는 웃지 못 할 세상이 되어 간다
이제 수수하고 소박한 것들은 대부분 그 자리를 잃었다
소소하고 보잘 것 없는 것들의 슬픈 운명이 보인다

세월의 병

잠자리에 들기 바로 전
시원한 물을 벌컥벌컥 마시고 싶은 걸
억지로 참는 것은
한밤중 단잠을 자다 깨는 게 두렵기 때문이다

반드시 그런 건 아니지만
행여 그런 일 생길까봐 미리 조심하는 거다
그보다 더 짜증나는 일은 없으니까

마시고 싶은 물도 마음대로
먹을 수 없는 나이가 되었다 어느새
잠자리 들기 전 자꾸만 당기는 물을 경계하는 것
아마도 새로 생긴 세월의 병이려니 여긴다

야구의 맛

야구 보는 즐거움이 솔솔하다
세계 최고의 선수들이 다투는 야구의 향연
바다 건너서 매일 열리는
강정호, 박병호 보는 재미가 여간 아니다

공 하나하나 배트를 힘껏 돌릴 때마다
눈길을 뗄 수 없게 만드는 짜릿함
9회 말 투 아웃부터 멋진 역사는 만들어지고
끝날 때까지 끝난 게 아니라는 유명한 야구의 명언

세상에서 가장 재밌는 스포츠라는데
그래서일까 갈수록 더욱 깊은 야구의 함정으로 빠져든다
야구 없는 겨울은 그래서 지루하고 영 재미가 없다
던지고 치고 받는 저 공 하나하나에 온 나라가 들썩인다

행사장에서

행사장에서 행운의 선물 나눠주고 있었다

4대가 함께 사는 집 손 들어 보세요
두 사람이 손들었다

3대가 사는 집은 그런대로 많다
우리 집도 그랬고 여기가 아직은 시골이니까

2대가 사는 집이 거의 대부분일 것이다
지금의 우리 집부터 그렇다

1대가 사는 집이 점점 늘고 있는 추세라니
혼자 사는 집도 덩달아 느는 건 당연한 일 아닌가

5대가 함께 사는 집은 이제 찾아보기 어려울 것이다
앞으로는 아예 없을 것이다

세상에 이런 일이 같은 프로에나 나올 것이다

회복불능

빗나가도 너무 빗나갔고
금도를 벗어나도 너무 벗어났다
회복불능

쌓는 건 어려워도
무너지는 건 한순간인데
쌓기도 전에 먼저 무너져버렸다
산산조각 나버렸다

이제 남은 건
산산조각으로 사는 것
오직 그것 뿐이다

중독

나를 중독 시킨 것은 시다
술이나 커피, 여행이나 쇼핑이 아닌
시가 나를 깊은 중독에 빠트렸다

나는 시에 완전히 중독되었다
시가 주는 중독의 세계는 더없이 복잡하지만
나는 더 좋은 시를 찾아 기꺼운 유랑을 멈추지 않는다

경제적 부담도 없어 더 즐거운 시 중독
시가 건네주는 작은 행복으로 가슴이 충만하다
오늘도 나는 시와 더불어 산다

해장

아침부터 한 잔 들어가야
정신이 제대로 든다

정신 차리기 위해서라도
한 잔은 꼭 필요하다

그것이 아침이건 저녁이건
시간은 중요하지 않다

이른 아침부터 소주잔 받아드니
저절로 웃음이 나온다

술 한 잔 마시는 건 좋은데
사양할 생각 전혀 없는데

벌겋게 달아오를 얼굴 생각에
어쩌면 좋지 웃음꽃 절로 피어난다

7080

저 노래들 들으며 내가 컸네
내 인생 자라났네
바로 엊그제 일만 같은 데
벌써 40년도 넘는 세월 흘러갔네

어느새 이순의 중반
두 아이들 다 자라 어른 되었네
따스하고 정감어린 노랫말
친근하고 편안한 리듬의 노랫가락

젊은 날 내 혈기를 잠재우며
호젓한 낭만의 세계로
나를 이끌어 주던 정다운 노래들
40여년 세월 동안 언제나 함께 했네

지금 또 다시 그 노래들을 들으며
홀로 눈시울 뜨거워지네
눈가에 이슬 맺히네

세월이 아름답고 인생도 아름다우니
노래를 들으며 노래 속에서 성장해온 내 인생
그 노래 있어 지금의 나도 있네
내 인생의 발판 내 삶의 원동력이었네

생각 부자

4부

으뜸

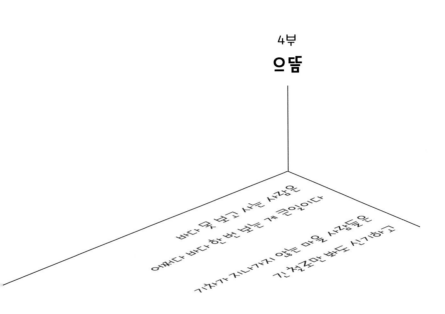

바다가 못 보고 사는 사람은
어쩌다 바다 한 번 보는 게 큰일이다

가까이 지나가지 않는 마을 사람들은
근처로만 봐도 신기하고

뭉클한 가슴

원로가수 이미자 모습만 봐도 그 한결 같음에
함께할 수 있음에 눈물 난다

우리의 영웅 안중근 윤봉길 이봉창 유관순 강재구 논개
이름만 불러 봐도 눈시울 뜨겁다 눈물 맺힌다

세상엔 가슴을 뭉클하게 하는 게 너무 많다
세상은 언제나 뭉클해지는 가슴으로 살 일이다

겨울 고양이

겨울 문턱에 들어서자
고양이 토실토실 살찌기 시작했다

겨울잠 자는 동물들처럼
긴 겨울나기 채비 하는가 보다

지방질 축적해야 추위도 덜 타고
한결 수월하게 겨울을 날 수 있을 것이다

육중해진 몸을 이끌고 어슬렁거리며
돌아다니는 꼬락서니가 영락없는 날건달이다

둔해진 그 모습이 안쓰럽기만 한데
그러거나 말거나 녀석의 식탐은 식을 줄 모른다

고양이도 날씬해야 보기에도 더 발랄하다
날렵한 몸놀림이 주특기 아니던가

정원의 포로

정원 꾸미는 일에 재미가 붙기 시작했다
하나 둘 씩 정원이 늘어날 때마다
집안이 차츰차츰 밝아졌다

어느새 정원은 거실을 거쳐
방마다 자리를 하나씩 차지하더니
마치 공주라도 된 양 부리는 위엄이 대단하다

이제 정원은 우리 집의 상징이 되어
오가는 이들의 눈길을 끌며
푸르고 싱싱한 행복을 모두에게 안겨주고 있다

나는 오늘도 기꺼이 정원의 포로가 된다

개봉박두

터지기 일보 직전이다

못 생긴 얼굴 자랑하는 선인장
주먹 만 한 꽃망울 매달았다

터지는 건 시간문제

기대하시라
개봉박두

어떤 수묵화

아침을 먹다가
밥그릇 밑바닥에 반달처럼 남은 밥덩어리
한 숟갈로 떠서 미역국에 담았네

검은 미역과 하얀 밥알이 멋지게 어우러져
그린 듯 만들어낸 한폭의 작은 수묵화
오~ 세상에, 국그릇 속에 이런 비경이 있을 줄이야

헤치면 풀어질 듯 흔들리고
떠담으면 고인 듯 깊은 맛 우러나는
아, 잠시 머물다 사라지는 이 그윽하고 황홀한 선경이여

으뜸

세상에서 가장 아름다운 으뜸 시집은
내가 쓴 저 잘난 시집도 아니고
큰 시인이 펴낸 유명 짜한 저 시집도 아니다

시도 모르던 시절 선물로 받아 나를 시의 세계로 이끌어 준
해묵어 내 손때 더께로 앉아 빛바래고 낡은 저 시집이
세상에서 가장 아름다운 시집이다

마음의 정원

마음에
정원 하나 생겼다

열심히 관찰하고
때맞춰 물도 주어야 한다

조금만 소홀하면
금방 시들해져 볼품이 없다

가끔은 햇볕도 쬐여주어야 하고
분갈이도 잘 챙겨야 한다

마당의 정원을 가꾸는 일보다
더 힘든 것이 마음의 정원 가꾸는 일이다

정원이 생긴 이후로 마음은 더 바빠졌지만
그보다 더 큰 선물은 훨씬 더 풍요로워진 마음이다

누구나 마음에 정원 하나씩은 가꿀 일이다
예쁜 꽃도 피고 바람도 부는 작은 정원 하나 가꿀 일이다

반가움

호수 없는 동네에 사는 사람은
지나가다 작은 호수만 봐도 반갑고

바다 못 보고 사는 사람은
어쩌다 바다 한 번 보는 게 큰일이다

기차가 지나가지 않는 마을 사람들은
긴 철로만 봐도 신기하고

케이블카가 없는 동네도 마찬가지다
평생 항공모함 탈 일 있겠는가

그저 보기만 해도 반가울 것이다

산천어

죽기 위해 축제장 간다
죽는 건 시간문제

기다리고 있는 것은
끔찍한 저승길

살아 있어도 산 게 아닌
시한부 목숨

그럴 거면

자랑은 하고 싶으나
보여주고 싶지는 않은가 보다

가슴 깊게 파인 옷 입고 나와선
인사할 때 손으로 가린다

보인들 얼마나 보인다고
그럴 거면 처음부터 입지를 말던가

보여 주고픈 마음 없지는 않으나
보여지는 건 싫은가 보다

자신은 충분히 있으나
실행엔 왠지 부끄러운가 보다

희망

오잉 새싹이 나오네
겨울 되어 창고에 넣어두었던 화분
햇살 따스한 날 햇볕 좀 쬐라고 내놓았더니
그것도 겨울이라고 잎새들이 얼었다
한 잎 두 잎 떨어지더니 마침내 벌거숭이 되었다

오늘 아침 다시 보니
그 가난한 줄기에 다시 새싹이 돋고 있었다
죽지않고 살아 있으면 새생명 파릇하게 다시 피어난다
멍청한 사람 만나 생고생 심했지만
이제 다시 시작하는 거다 새출발이다 야호~

죽었던 놈 다시 살아나니 나에게도 새 움이 튼다

그날 이후

그날 이후
나는 달라졌다

말이 줄었고
의사 표현도 덜 하고
당연히 스트레스 덜 받고
따라서 화도 덜 낸다

그날 이후
나를 확 바꾸었다
많이 간소하고 더 단순해졌다

참 많이 바뀌었다
전혀 다른 사람 되어서
말보다 행동을 앞세우는 사람 되었다

이 모든 게 다
그날 이후 일어난 일이다
요란한 대선이 끝나고 난 이후의 일이다

한 인물

거물은 못 되어도
한 인물은 되어야 하지 않겠는가

이왕 세상에 온 거
내 목소리 한번 크게 울려야 하지 않겠는가

이름을 갖고 있는 한
이름값 한 번 똑 부러지게 해야 하지 않겠는가

뭔가 세상에 왔다간 흔적을 역사에 남기진 못 해도
가뭇없이 사라져선 안 되지 않겠는가

거물은커녕 인물도 못 된다 해도
스스로 부끄러운 생을 살아선 안 되지 않겠는가

한낱 시시하고 소소한 보통사람일지언정
대장부처럼 큰 포부를 지니고 살아가야 하지 않겠는가

남자라면 그대가 진정한 남자라면
세상에 왔던 가치를 제대로 보여줘야 하지 않겠는가

거물도 일없고 인물 같은 건 몰라도
그래도 한 세상 당당하고 떳떳하게 살아야 하지 않겠는가

이름값

이름값 하는 일
사람노릇 제대로 하는 일

이름을 날리는 일
사람으로 가치있게 사는 일

이름을 남기는 일
사람 그 이상의 일을 하는 일

시 그리고 시집

솔직히
혼자만 갖고 있기엔
너무 아까웠다

새로 쓴 시는
묵은 시 위에 자꾸
자꾸 쌓여 늘어만 가는데

그걸
그냥 그대로
두고만 볼 순 없었다

시집(詩集)
만들어야 했다
정리하고 처리해야 했다

이젠
자랑이 되었다
세상에 조금은 떳떳해졌다

부식

사다 놓은 지 한 참 지난 참외
흐물흐물 실한 몸뚱이가 뭉그러진다
말하지 않아도 말하고 있다

우리의 무관심과 무감각을
세월도 능히 녹여낼 수 있는 그 배짱을
조용히 온몸으로 말하고 있다

소리 없이 눈물 흘리고 있다

청빈

큰 돈 벌었으나 좋은 일에 다 쓰고
빈손이 되었다는 사업가
큰 재산 모았으나 나라 위한 일에 다 쓰고
빈털터리 되었다는 애국지사

돈의 의미와 가치를 제대로 아는 사람들의
이야기를 들으면 존경심 우러난다
큰 돈 모아놓고 쩔쩔매는 사람들 널려 있는 이 세상
기껏해야 놀고먹는 일 따위에나 쓰면서

돈 벌고 모으는 일에만 전념하는 사람들
죽은 뒤 가져갈 것은 평생 모은 것이 아니라
평생 뿌린 것이라는 멋진 말이 있다
나는 지금껏 무엇을 뿌렸는가 되물어 본다

뿌린 대로 거두는 게 인생의 진리지만
거두지 못해도 괜찮은 것이 뿌리는 일이다
올바르게 벌고 모아서 좋은 일에 멋지게 뿌린다면
그보다 더 멋진 일은 아마도 없을 것이다

스스로 가난한 삶을 살았던 권정생 선생을 생각한다
나는 왜 청빈의 삶을 살지 못하는가

이 세상에

속이 구리지 않은 사람 어디 있으랴
속에 구린 것 없는 사람 어디 있으랴

누구나 다 속에 구린 것 갖고 사느니
하늘을 우러러 부끄럽지 않은 사람 없나니

도둑이 제 발 저리듯
오늘도 나 부끄러워 고개 숙인다

하늘도 맘껏 쳐다볼 수 없다
땅도 사뿐사뿐 밟고 다녀야겠다

내 속의 구린 것 다 비울 그날까지
스스로 떳떳하고 아름다울 그날까지

벌초

예초기 시동 걸고
드디어 벌초는 시작되었다
요란한 엔진 소리
힘이 넘친다

오늘은
너희들 제삿날
그동안 자리 지켜줘서 고마웠다
각오는 되어 있겠지

인정사정 없이
예초기 마구 돌려댄다
푹푹 베어 쓰러지는 무수한 잡초들
여름이 비명 속에 쓰러진다

어떤 죽음

거미가 생을 마감했다
처마 끝에 매달려 있던 큰 거미
갑자기 추워진 날씨를 이기지 못했나보다

한 여름 멍석만큼 큰 그물을 엮어
밤하늘을 호령하던 녀석이
어느날 아침 툭 떨어져 꼼짝도 않는다

매서운 계절이 다가오고 있음을
녀석도 모르진 않았을 터인데
사냥에 바빠서 미처 생각을 못했나 보다

어처구니 없는 죽음을 목격하면서
하잘 것 없는 미물에게도
예외없이 세월은 비껴가지 않음을 통감한다

그나마 한때는 호시절 있었으니
그래도 너는 잘 살았다 할 수 있겠지
네 줄에 걸려 저승길 간 수많은 목숨들에 비하면

새해 첫 날

새해 첫 날부터 술로 시작 한다

새해가 열리는 그 거룩하고 엄숙한 시간에
제야의 종소리 들으며 축하주 마신다
첫 날부터 취해서 알딸딸하다

술로 시작한 병신년 새해, 새해 첫 날 첫 밤
올 한 해도 분명 성스러울 것이다
상서롭고 복되어 좋은 일만 가득가득할 것이다

익숙한 것

마음의 안정은 그것이 무엇이든
내가 익숙한 것에서 온다

하늘을 나는 새들은
땅에 내려오면 더 불안할 것이다

고양이가 내 옷가지를 파고들거나
내 품에서 편한 잠을 자는 것도 같은 이유다

가족이 친구와 일터가 내 집이
내 마음을 편하게 잡아주는 이유는 오직 하나

그것에 내가 이미 너무나 익숙해져 있기 때문이다
누구는 익숙한 걸 버리고 와서 기쁘다고 했지만

정치에 대하여

정치 할 만 하다

일반국민은 근처에도 못 가볼
전투기 조종석엘 다 앉아보고 날기도 하고

나도 정치나 할 걸 그랬나봐
진작 그쪽으로 나갈 걸

후회막급이다

겨울 축제

굵은 눈송이 무성히 쏟아지는
저 침침한 회색빛 하늘을 올려다 보아라

떨어지는 눈송이를 얼굴 전체로 맞으며
잠시라도 숙연한 마음을 가져 보아라

신비한 마음이 한순간 스치고 지나간다면
겨울이 왜 축복의 계절인가를 깨닫게 되리라

퍼엉펑 쏟아지는 함박눈은 겨울만의 축제이거늘
얼굴을 들고 가슴을 펴고 두 손을 함껏 벌려

온몸으로 함박웃음을 지으며 함박스럽게
눈을 맞을 일이다 즐거워할 일이다

밤 까기

작은 밤 가시 하나
여간내기가 아니었다

어제 따온 밤송이 까다가
작은 가시 하나 검지에 박혔다

살 속 깊이 박혀서 눈을 크게 떠야
끄트머리만 겨우 보였다

이미 갈색으로 변해버린
늙은 가시였지만 버티는 힘이 단단했다

너무 작아 뽑기에도 잔뜩 애를 먹이더니
한참을 더 욱신욱신 들쑤셔 댔다

가시에 찔리는 알싸한 재미와
찔릴 수도 있다는 긴장감이 함께하는 밤 까기

길지 않은 올가을이 이렇게 익어가고 있다
상처에 상처를 덧입히면서

불황

일요일에도 텅텅 빈 상가들이 현실을 말해준다
한 때 손님들로 북새통을 이루던 상가들
무더기로 불황을 맞아 문 닫았다

점포임대라고 쓰여 진 현수막들이
오랜만에 내리는 단비에 온몸을 맡기고
그동안 쌓였던 먼지들을 탈탈 털어내며 울고 있다

을씨년스런 풍경 연출하고 있다

헌혈왕

누가 헌혈 600회를 했단다
난 그보단 한참 한참 적게 했지만
할 수만 있었다면 훨씬 많이 했을 것이다

헌혈만큼 기쁘고 즐거운 일은 없다
내 건강을 다른 이와 나누는 일
건강의 상징이자 지표

돈 한 푼 들지 않으면서
가장 큰 보람과 기쁨을 얻는 일
누군가의 생명을 구할 수도 있는 값진 일

이젠 나이가 들어
더 많이 하고 싶어도 못한다
횟수를 떠나 그래도 마음만큼은 헌혈왕

생명 구하는 일에 늘 함께하고 싶다

피서

집이 최고여
다른 말 할 필요 없당게

아 이 더위에 어디를 가
집에 있는 게 최고여

그냥 집에서 뒹굴뒹굴 굴러봐
집만한 게 또 있나

선풍기 빵빵 돌리고
부채질도 설렁설렁 하면서

티브이도 보고 낮잠도 자고 옥수수 쪄먹고
이방 저방 왔다갔다 함시롱

돈도 안들고 맘 편하게 지내는 것
아, 고것이 최고 피서 아니당가

아무 잔말 말고 집에 있으랑게
그저 집에 있는 게 최고여

개가 웃을 일

내가 감투 욕심을 낸 건
그때가 처음이었다
끝내 물만 먹고 빈 손으로 나왔지만
그래도 그때는 확고한 사명감이 있었다

감투 쓰는 것도 쉬운 일 아니다
아무나 하는 일 아니다
내 주제에 감히 감투 욕심을 내다니
지금 생각하면 지나가는 개가 웃을 일이었다

가치

1억 원을 상금으로 받은 할머니 의사 한 분
상금 전액을 사회에 환원하셨다
자기를 위해 쓰지 않고 남을 위한 일에 기꺼이 쓰셨다

나이 들었으니 돈 쓸 일 없다 하시지만
요즘 세상에 참으로 드물고 힘든 일 선뜻 하셨다
힘든 일은 할수록 그 가치와 의미는 몇 배로 커지고 자란다

선물

사진 정리하다 나온
누드 사진 한 장

반가움과 고마움에
책갈피로 사용하기로 한다

뜻밖에 얻은 선물
책 읽기가 한결 수월할 것이다

책 읽기를 멈출 때
그때 아주 요긴하게 쓰일 것이다

덤벼

덤벼

순대 사왔으니
덤벼

빨리 덤벼

먹는 자리에선
많이 먹는 사람이
장땡이여

멈춰버린 차

길 한복판에서 멈춰버린 차
나즈막한 언덕길 오르던 승합차량
중간에 그냥 서버렸네

편도 2차선의 시골길
마주 오는 차들 꼬리를 이어
비껴갈 수도 없네 꼼짝달싹 못하네

무슨 연유로 서버렸을까
수많은 차량들의 갈 길을 막아
엄청난 체증과 짜증을 함께 일으켰네

욕은 또 얼마나 얻어 먹었을까
그나저나 저 사람 얼마나 미안했을까
몸둘바 몰라 쩔쩔맸겠지

여기저기 전화하며 안절부절
차들은 꼬리에 꼬리를 물고 늘어서고
쥐구멍 있었다면 들어갔겠지

저렇게 한복판 지키고 선 지
벌써 삼십여분
구조의 손길은 오는 건지 안 오는 건지 아직도 보이지 않고
식은 땀도 식어 등도 축축할테지

아마 연료가 떨어졌나봐
가다가 갑자기 서는 건 그 뿐일텐데
미리미리 준비하지 못한 죄 너무 크다

그럭저럭 차들은 빠져 나가고
오지 않는 구조대 막연히 기다리네
아직도 비상등은 열심히 껌뻑거리고 있는 데

나에게 없는 것

누구는 바다가 못내 그리워 아우성이지만
바다는 내 그리움의 대상이 아니다

누구는 산이 그리워 몸살이 난다지만
산도 내 그리움의 대상은 아니다

또 누구는 사람이 그리워 미칠 지경이라지만
그리움으로 날 미치게 하는 사람은 없다

그리운 대상이 있다는 것은 얼마나 고마운 일인가
무언가를 그리워할 수 있는 건 축복이다

가야 하고 만나야 할 그리움의 대상이 나에겐 없다
나에게는 그저 무관심한 대상일 뿐이다

나는 그리움을 물말아 먹은지 이미 오래
그리움 같은 것은 사치의 범주에도 넣지 않았다

희소식

전화 한 통 없는 걸 보니
관심이 없구나

어떻게 사는지
잘 살고는 있는 것인지

알고 싶거나
보고 싶은 마음조차 없는 거겠지

그래 그렇게 살자
무소식이 희소식이라 믿으며

아무 소식 주고받지 않아도
서로 잘 살고 있다고 믿으면서

너는 너 있는 곳에서 열심히 살아라
나도 내 있는 곳에서 잘 살아가마

가는 길이 서로 다르듯이
그깟 소식쯤 모르면 어떠랴

한 세상 같은 하늘 아래서
같이 살아가는 것으로 충분하지 않은가

시인의 세상

여정은

뜻이 곧고 마음이 맑아
진창 밟지 않고
반듯한 걸음으로 살아온 세월
불혹을 넘겨 불현듯
시인의 세상이 열리다

그곳은 신세계!

환하게 트인 시인의 시야로
달고 쓰고 맵고 구수한
삶의 속내가 들어오니

꾸미지 않아도
과장하지 않아도
진솔한 시어로 꿰어낸 구슬들은
영롱하고 신선한 빛을 발하며
삶의 쉼이 되고 위로가 되다

저 위에 무엇이 있는지 알지도 못하면서
다들 올라가려 앞서가려는 악다구니 속에

자기 앞의 생을 겸허히 끌어안으며
지치고 불안한 이들의 마을을 어루만지는
당당하고도 유쾌한 생활의 찬가

시인은 그렇게
일곱 번째의 자랑스러운 열매를 맺다

이제 시인의 앞에 열리는 더 환한 길
밟는 걸음마다 점점 더 커지는 메아리

시인은 맑은 언어를 무기로
감동과 공감의 집을 지어 올리며
오늘도 쉼 없이
시의 세상을 열어간다
시의 바다를 항해 한다

그렇게 시인은
삶으로 시를 쓴다

* 2018년 1월 20일 강돈희 시인의 일곱 번째 시집 출간을 축하하며 아우 강
  진희, 제수 여정은이 축시를 드립니다.
* 제수씨인 여정은 시인의 선물, 7집 축하시를 10집을 맞아 축시로 싣는다.

이 도서의 국립중앙도서관 출판예정도서목록(CIP)은 서지
정보유통지원시스템 홈페이지(http://seoji.nl.go.kr)와 국
가자료종합목록 구축시스템(http://kolis-net.nl.go.kr)에
서 이용하실 수 있습니다.
(CIP제어번호 : CIP2020040455)

Over a Wall Poetry
32

인지생략

생각 부자

2020년 9월 25일 초판 1쇄 인쇄
2020년 10월 2일 초판 1쇄 펴냄

글 사진 | 강돈희
펴낸이 | 송계원
디자인 | 송동현 정선
제 작 | 민관홍 박동민 민수환
펴낸곳 | 도서출판 담장너머
등 록 | 2005년 1월 27일 제2-4102
주 소 | 11123 경기도 포천시 화현면 달인동로 89-1
전 화 | 031-533-7680, 010-8776-7660
팩 스 | 031-534-7681
이메일 | overawall@hanmail.net
카 페 | http://cafe.daum.net/overawall

2020 ⓒ 강돈희

ISBN 89-92392-58-7 03810
값 10,000원